LETTRE

D'UN GERMAIN

PARIS

CHARLES DOUNIOL ET Cᵉ, LIBRAIRES-ÉDITEURS

29, RUE DE TOURNON

1871

LETTRE D'UN GERMAIN

LETTRE

D'UN GERMAIN

Chère aimable Madame,

Toute vérité voit son heure, bien que tout esprit ne cherche point la vérité dans la vérité. L'insondable orgueil de l'homme semble défier la lumière, et ne lui permettre le plus souvent, d'émerger ses rayons qu'à travers du brouillard et du chaos; de là tant de méprises et tant d'illusions! — Vous aviez bien vu, Madame, vous aviez justement apprécié : « Où allons-nous? » me disiez-vous naguère avec une inquiète timidité, comme frappée d stupeur en présence des folies de votre société. — La réponse a sailli; elle a éclaté du fait. Hélas! le mal était si grand, le progrès si rapide, que, quiconque foulait votre sol après une intermittence, se voyait interdit en face de cette décomposition croissante. — Vous le dites d'ailleurs avec vérité, et vous le dites avec profondeur : ces grandes chutes accablent, mais elles allégent l'esprit.... Oui, elles allégent l'esprit ! elles l'allégent de l'épouvante du doute ; elles dégagent le vrai ; elles distinguent les effets, des faits et de leurs causes. — Tout était ténèbres autour de vous, il vous fallait tomber ; votre horizon n'offrait plus que des lueurs fantastiques ; vous viviez dans le travestissement, et les sages cherchaient avec angoisse le point de salut, car les étoiles mêmes tombaient du ciel. — Hé bien, aujourd'hui vous êtes face à face avec l'horreur, l'horreur est la vérité. — Mais.... la France, douée de toutes les qualités qui perdent, trouve aussi, dans les moments suprêmes, les vertus qui la sauvent. Elle a du sang au cœur. Quand son front est dépouillé, elle cherche son diadème, et trouve encore la gloire. — Déchirée, abattue, palpitante, elle lève son bras meurtri, et dans ces jours de carnage et de sang, elle vient sauver l'Europe qui la frappait de son indifférence. L'Allemagne ne s'y méprend pas ; elle sait comment on bat la France, mais elle voit comment la France sait renaître. Vous avez un pilote habile ; tout œil impartial le reconnaît, c'est l'Europe entière qu'il sauvegarde en libérant votre grande cité, et, s'il fût jamais pour des armées une auréole d'honneur, c'en est une bien belle que celle qui rayonne au front de vos légions ! Je ne sache pas de gloire comparable à celle du vaincu qui se lève avec calme et noblesse et qui apprend de la défaite, comment reviendra le triomphe.

Il s'est produit dans vos rangs, pendant ces derniers jours, un travail qui vaut mille victoires, parce qu'il est la victoire des victoires, celle de l'homme sage et de l'homme de bien.

La guerre fut toujours une calamité fatale, qu'elle soit guerre de nations, qu'elle soit guerre intestine ; mais, que dire de cette guerre étrange, de cette guerre occulte qui, née dans les ténèbres, s'éclaire de l'incendie, s'arme de la terreur , et jette aux sociétés le défi qu'elle ne craint pas de porter jusqu'à Dieu? Contre une telle guerre, contre un tel ennemi, c'est une force morale qui doit être évoquée ; c'est l'union qu'il faut établir et qu'il faut cimenter. Ce que la France doit opérer dans son sein pour l'apaisement des passions, pour le triomphe de l'ordre, l'Europe doit l'imiter à l'heure présente, car elle est en danger. Pour refouler cette internationale souterraine, il lui faut invoquer une internationale de la surface, une internationale de la lumière. Est-ce la voix de l'Europe, est-ce le vœu de la France ?...

Peut-être nourrissez-vous des pensées de représailles, mais que la France y songe, ce n'est point la vengeance qu'il lui faut embrasser aujourd'hui ; elle a besoin de paix, l'Europe a besoin d'elle. Elle demeure le pivot des peuples ; tous ont les yeux fixés sur ses conclusions.....

Ici, vous m'arrêtez... vous m'attendez sur ce que vous appelez les questions brûlantes. — Que vous dirai-je?... Je n'approuve pas votre extrême droite, et je n'aime guère votre extrême gauche; d'un côté, l'entêtement et la tenacité fatale; de l'autre, les mots sonores, l'indication des faux chemins. Je voudrais plus de générosité dans vos débats. On s'y agite dans l'égoïsme et dans l'idolâtrie. — Ce n'est pas une mince besogne que celle du chef qui maintient un tel équilibre! — Que vos concitoyens regardent donc tous l'ennemi... l'ennemi ce n'est pas la République elle-même, ce n'est pas non plus la Monarchie, je n'oserais dire ce n'est pas l'Empire, mais assurément, mais encore un coup, l'ennemi c'est la société des catacombes. C'est elle qu'il faut mâter, et c'est à son endroit qu'il faut consolider le sol qui tremble et ouvre ses cratères.

Quant à une forme de gouvernement, et pour parler sans détours, il me paraît qu'un corps complet a toujours une tête. La tête n'est point une fiction, ce n'est point une invention de luxe, la tête c'est le tout du tout...

Dans l'état où est la France, je ne saurais affirmer sur ce qui lui convient. Mais, je fais une remarque dont je tire une application de sa propre histoire : il semble dangereux pour un peuple, né dans la Royauté, de vivre ailleurs que dans la Royauté; s'il se constitue en République, la Royauté fermentera toujours dans cette République et elle y fermentera en divers sens. Je ne parle pas des agissements des rois de race, je parle de ces rois travestis qui surgissent sous les titres de protecteurs, de dictateurs, de triumvirs, etc. — Rome a renversé ses rois pour asseoir sa République, — oui, — mais Rome a fini par les Césars, et Rome n'était pas née dans la pourpre ni sur le pavois, et elle se ressentit toujours de son origine vagabonde et turbulente : ses vertus devaient s'exercer dans les batailles; Rome, en aucun point, ne me paraît devoir servir de modèle à la France.

Je ne toucherai pas aux Républiques modernes : regardez seulement, et voyez les origines de ces nationalités : ce sont des rameaux détachés.

Par tendance d'abord, par tradition peut-être, par étude surtout, je tiens pour ce principe que, dans la belle application de l'organisme des États, on a appelé le droit divin, vieux et noble mot, vieux et noble droit, très-contesté, je le sais. — Qu'est-ce que le droit divin ? J'ouvre le premier livre du monde : je lis que le premier roi du peuple élu est désigné par Dieu, consacré par son ordre ; que ce premier roi, que l'Écriture nomme Saül, reçoit l'onction sainte des mains du pontife Samuël; je lis que Saül prévaricateur est rejeté, que Dieu choisit un nouveau roi.... Plus loin, je vois le Verbe incarné naître du sang des rois terrestres, confondant dans une sublime alliance l'atelier de l'artisan Joseph, le type saint du prolétaire, le diadême de David, et la vertu du Tout-Puissant.

Je ne sais aucun titre aussi sacré et aussi consacré que ce titre de roi, en dehors de la hiérarchie apostolique. — La Royauté elle-même est un symbole : Le roi est le premier, parce qu'il doit être le père ; il est le chef, parce qu'il est responsable ; il est la tête pour porter la couronne du peuple. — Ne touchez pas à cette tête, ou vous épuiserez le corps dans tous les tiraillements du malaise.

Si la Royauté doit revivre sous le ciel de France, ce sera sans doute une garantie pour son bonheur et pour la tranquillité du monde ; mais une grande cause doit être traitée avec honneur, et je ne voudrais pas qu'un noble parti fût mièvrement soutenu. Me comprenez-vous bien ? — Il en est des causes comme il en est des personnalités, quand elles portent la majesté du caractère, elles ne sauraient accepter l'infime des moyens. On retrouve attachée à de certains partis, en France, la même misère qui se trouve à côté de la religion sainte : les dévots indiscrets. Si tout allait au ton de leur ferveur, rien n'aurait plus le sens commun. — Vous avez des monarchistes qui soutiendraient fermement que la France appartient au roi. — Le souverain qui pensa ce mot orgueilleux : « La France, c'est moi ! » n'était pas si loin de la proportion, car, en réalité, l'État c'est lui, c'est vous, c'est moi, c'est nous.

Mais tout doit avoir ses restrictions, puisque tout a ses abus.

L'hérédité porte aussi ses écueils. Chez un peuple impressionnable, passionné, remuant comme le peuple français, ce système était d'une saine prévoyance. — Il est bon en lui-même, car, tel peuple qui ne l'admettait pas en principe absolu, qui ne l'admettait pas même comme simple principe, l'admettait néanmoins dans son application :

La couronne était élective en Germanie. L'histoire cependant présente ses dynasties royales : la nation avait le droit d'élire... mais l'élection consacrait le plus souvent l'hérédité, et l'Allemagne pouvait sans danger recourir aux élections. Ses annales offrent de belles et nobles pages : Vous avez lu ces détails grandioses de l'élévation du roi Conrad de Franconie : Louis l'enfant meurt, la maison de Charlemagne s'éteint..... il faut donner un roi à l'Allemagne... Les électeurs s'assemblent : ce sont dix princes illustres, choisis dans les quatre grandes nationalités germaniques. — Les délibérations s'ouvrent... elles réunissent les suffrages en faveur d'Othon l'Illustre, de la maison de Saxe. Mais Othon décline l'insigne honneur ; il trouve le fardeau pesant pour son grand âge ; il a un fils Henri le Lion, un chevalier vaillant. — Mais Othon en connaît un plus digne... il écarte son sang... et désigne au choix des électeurs Conrad de Franconie, qui fonde, dans sa splendeur, la Royauté germanique. — Conrad monte au faîte de la gloire — et il arrive au terme de sa carrière. L'heure suprême approche, — elle sonne sur la tête des rois, — il appelle les électeurs, et propose le plus digne, c'est son rival, c'est son propre ennemi, Henri, fils de l'Illustre..... Conrad avait un frère; il s'appelait Eberhard, et ce frère souhaitait la couronne. Mais Eberhard, le premier, reconnaît pour roi le prince Henri de Saxe, désigné par Conrad.

Vous n'avez point en France un souverain à élire; la souche souveraine ne vous fait pas défaut; elle n'a que la couronne à ceindre. — Mais vous avez d'autres élections que les élections souveraines. — Vous y revenez même assez souvent. — Quelles qu'elles soient, quels que soient leurs degrés, on y souhaiterait de la dignité, on y souhaiterait d'abord le choix de l'électeur, et partant, un autre principe que celui du suffrage universel qui n'élèvera jamais le niveau chez aucun peuple; il salue tout le monde et n'honore personne. — Le Français reçoit les théories, s'assimile les doctrines avec une étrange facilité; ses masses ne vont jamais aux conclusions; on les mène avec des mots, et on les conduira jusqu'à l'absurde et l'impossible de la tyrannie au nom de la liberté et de l'égalité. — La sagesse se trouve pourtant en France; elle s'y rencontre auprès du tact exquis, mais trop souvent, elle doit céder le pas à la vanité qui s'étale, à l'effervescence qui emporte. Lorsque la folie parle, le sage doit se taire. Or, la folie franchit promptement les limites ; quand elle les a passées, elle va plus loin encore, et quand elle a tout passé, tout brisé, tout renversé, à force de fatigues, de douleur et d'aberrations, il faut bien reconnaître qu'elle est un mauvais guide et qu'elle dévoyait..... la route est pénible à reprendre, car c'est aux premiers pas qu'il faudrait remonter.....

La France aujourd'hui, accablée par ses fautes, abîmée dans ses désastres, se retrouve à peu près au point où nous la voyons au seuil de notre siècle. — Il y a du mal de plus, un empereur de moins, — ce n'est pas là le mal. — Elle sortait alors des angoisses de la terreur ; elle appelait le repos, la quiétude, le bon, le beau ; ses aspirations se renouvelaient, l'esprit se ravivait. L'âme avide de restauration était ouverte au bien, les hautes pensées de la religion la trouvaient disposée. — Elle était disposée, mais était-elle préparée ? — Elle rentra dans la religion par la religiosité : un beau génie ouvrait la page littéraire de ce siècle, si fécond en œuvres et en faits ; il déroulait ses grands tableaux du christianisme. Auprès de lui se levait la grande muse de la France, qui avivait sa poésie aux sources saintes et nobles ; mais la poésie vit de ses voluptés ; elle aime les jouissances ; le christianisme est austère, il vit de sacrifices ; il ne croît pas dans la splendeur ; il grandit dans la souffrance. Le christianisme de la Restauration se ressentit de ces amollissements, les fruits ont été sans vigueur... il me semble du moins que vous avez marché ainsi, et que vous avez traversé ainsi la Restauration.

Partout, d'ailleurs, beaucoup d'orgueil à côté d'un affaiblissement progressif : vos œuvres religieuses, il est vrai, prenaient de l'essor ; elles devenaient solides et remontaient aux sources. Mais elles favorisaient encore la vanité de l'homme ; elles caressaient les questions de l'esprit, en poursuivant un noble but : il s'agissait de soustraire la jeunesse à l'influence morbide d'une littérature détestable, où le génie du monstrueux distillait avec un talent perfide, des doctrines subversives. La noble poésie posait alors son pied dans la boue ; on la traînait aux lieux immondes, et de jeunes frénétiques se passionnaient pour ces effervescences. Votre littérature exprimait votre société : tout se perdit dans l'orgueil ou s'émoussa dans l'abus. Votre langue subit une altération, votre langue si élégante, si pleine de tours fins et inimitables, passa de l'exagération aux langueurs du lieu commun ; elle aussi demande une épuration ; elle aussi, si je puis dire, a besoin d'honneur et de respect.

Je termine cette lettre, madame, sous un courant d'impressions diverses : vous *avez un beau succès d'argent*. Il me fait peur pour vous ; que la France ne se leurre pas, qu'elle ne se trompe pas sur les sources de sa vitalité ; — elle renaît, — elle est riche, mais elle est malade encore, — elle est trop faible pour être *ceci;* elle est trop faible pour être *cela*... elle ne peut être ni *ceci* ni *cela* — la vie dans la négation, — c'est la vie du malade. Que le doigt qui a touché votre plaie la guérisse et la ferme !

DIEU PROTÉGE LA FRANCE !

Je baise votre main.

PARIS. — IMP. VICTOR GOUPY, RUE GARANCIÈRE, 5.